Rio de Janeiro • 2020

BONEQUINHA de
OXUM

Alexandre Careca

Ilustrações
Natália Peon

Texto © Alexandre Careca, 2020
Ilustrações © Natália Peon, 2020
Direitos de publicação © Editora Aruanda, 2020

Direitos reservados e protegidos pela lei 9.610/1998.

Todos os direitos desta edição reservados a
Borboleta de Aruanda
um selo da EDITORA ARUANDA EIRELI.

Coordenação editorial Aline Martins
Preparação Editora Aruanda
Revisão Letícia Côrtes
Design editorial Sem Serifa
Ilustrações Natália Peon
Impressão Eskenazi

Texto de acordo com as normas do Novo
Acordo Ortográfico da Língua Portuguesa
(Decreto Legislativo nº 54, de 1995)

Dados Internacionais de Catalogação na Publicação (CIP)
Agência Brasileira do ISBN
Bibliotecário Vagner Rodolfo da Silva CRB-8/9410

C271b Careca, Alexandre
　　　　　Bonequinha de Oxum / Alexandre
　　　　Careca; ilustrado por Natália Peon. – Rio de
　　　　Janeiro, RJ: Borboleta de Aruanda, 2020.
　　　　　32 p. : il. ; 20,5 cm x 20,5 cm.

　　　　　ISBN 978-65-87707-03-7

　　　　　1. Literatura infantil. 2. Umbanda.
　　　　3. Candomblé. 4. Empoderamento
　　　　feminino. 5. Representatividade
　　　　infantil. I. Peon, Natália. II. Título.
　　　　　　　　　　　　　　　　　　　CDD 028.5
2020-2892　　　　　　　　　　　　　　CDU 82-93

[2020]
IMPRESSO NO BRASIL
https://editoraaruanda.com.br
contato@editoraaruanda.com.br

Para Kemla Baptista
e todos os contadores e
contadoras de histórias.

À noite, quando eu tinha medo de lobos
e não reconhecia as fadas,
ela sempre me visitava.

Eu não conhecia divindades que não tivessem melanina. Oxum era minha rainha!

Enquanto as outras meninas se exibiam, penteando os cabelos loiros de suas bonecas, eu apenas olhava.

Até tinha bonecas,
mas elas ficavam em casa,
dentro de um baú.

As meninas diziam:
— Ei, não quer brincar?
— Não trouxe ou não tem bonecas?

— Você pode fingir que tem o cabelo liso!

Elas riam de mim!
Por muito tempo, elas riram...
e suas risadas machucavam
bem mais que os beliscões na fila.

Oxum veio nos presentear.

De vestido dourado,
com flores nos babados
e um bonito laço adornando,
a boneca tinha um espelho na mão.

Oxum viu meu olhar aflito,
quase lhe implorando...

Ela veio até mim
e me deu sua boneca para ninar.

No fim, quando fui devolver a boneca, me explicaram que era um presente. Eu havia sido abençoada por Oxum!

Voltando para casa, eu estava tão feliz!
No ônibus, perguntei à mamãe:

— Posso mudar
o cabelo dela?

Uma moça ao
lado respondeu:

Segunda-feira na escola,
mostrei a todas a minha rainha.
Eu estava toda-toda!
bem exibida com a minha boneca.

As meninas queriam pegar, mexer e saber quem era.

Então, eu me levantei
e contei para todas
a lenda mais linda:
a lenda de Oxum.

Alexandre Careca nasceu em São Paulo, em 1974. Ainda criança, conheceu a Umbanda por intermédio de sua avó, que trabalhava em casa. Como médium, já trabalhou em terreiro, mas hoje pratica apenas a Umbanda familiar, atendendo a parentes e amigos. Alexandre começou a escrever aos 13 anos e, desde 2015, quando inaugurou o *blog Ventania Poesia*, escreve em homenagem às religiões afro-brasileiras. É autor de *Ventania para Oyá*, obra publicada pela Aruanda Livros, e participou da coletânea *Fio de Contas*, produzida pela Lampejo Editorial.

Natália Peon é formada em Comunicação Visual pela PUC-Rio e é técnica em Design Gráfico pelo Senai. Nascida e criada no Rio de Janeiro (RJ), começou a desenhar muito cedo. Por meio dos estudos, aprimorou sua paixão pela ilustração com os professores Eurico Poggi, Amador Perez e Carlos Machado, além de se inspirar nos trabalhos de Rui de Oliveira e Renato Alarcão. Apaixonada por animais e aficionada por esportes, é ativista vegana e meia-maratonista. Ilustrou o livro *Julia: no Jardim dos Orixás*, também publicado pela Borboleta de Aruanda.